8|20

Hank el cuida-mascotas

#1

Otis el grandísimo perro

Por **Claudia Harrington**   Ilustrado por **Anoosha Syed**

Calico Kid

An Imprint of Magic Wagon
abdopublishing.com

In loving memory of Gus, the first best big dog.
And Gulliver, who loved laps —CH

En cariñoso recuerdo de Gus, el primer y mejor perro grande.
Y por Gulliver, al que le encantan los regazos. —CH

For Mama and Papa —AS

Para Mama y Papa. —AS

abdopublishing.com

Published by Magic Wagon, a division of ABDO, PO Box 398166, Minneapolis, Minnesota 55439. Copyright © 2017 by Abdo Consulting Group, Inc. International copyrights reserved in all countries. No part of this book may be reproduced in any form without written permission from the publisher. Calico Kid™ is a trademark and logo of Magic Wagon.

Printed in the United States of America, North Mankato, Minnesota.
092016
012017

THIS BOOK CONTAINS
RECYCLED MATERIALS

Written by Claudia Harrington
Translated by Telma Frumholtz
Illustrated by Anoosha Syed
Edited by Heidi M.D. Elston
Art Directed by Candice Keimig

Library of Congress Control Number: 2018933160

Publisher's Cataloging-in-Publication Data

Names: Harrington, Claudia, author. | Syed, Anoosha, illustrator.
Title: Otis el grandísimo perro / by Claudia Harrington; illustrated by Anoosha Syed.
Other title: Otis the very large dog. Spanish
Description: Minneapolis, Minnesota : Magic Wagon, 2019. | Series: Hank el cuida-mascotas; #1
Summary: Hank pet sits Otis the very large dog. Otis gets a toothache, and Hank has to take him to the vet.
Identifiers: ISBN 9781532133268 (lib.bdg.) | ISBN 9781532133466 (ebook) |
Subjects: LCSH: Dogs--Juvenile fiction. | Petsitting--Juvenile fiction. | Pets--Juvenile fiction. | Care of sick animals--Juvenile fiction.
Classification: DDC [E]--dc23

Tabla de contenido

Capítulo #1
Un buen trabajo

Era el primer día de verano. A Hank le encantaba el verano. Le encantaba nadar en la piscina. Le encantaba jugar a la pelota con sus amigos.

Pero más que nada, a Hank le encantaba montar en su bici.

—¡Mi bici! —gritó Hank. Miró el metal doblado. Parecía arte moderno.

—Tienes que guardar tus cosas
mejor —dijo la mamá de Hank.

—Tendrás que pagar una bici
nueva —dijo el papá de Hank.

—¡Pero soy solo un niño! —dijo
Hank.

Janie corrió desde la casa
de al lado—. Tsk —dijo.

Hank odiaba cuando
chasqueaba la lengua así.

—¿Por qué no cortas el
césped de los vecinos?
—preguntó Janie.

Hank sacudió la cabeza.

—¿Por qué no arrancas malas hierbas? —preguntó Janie. Sacó una pala pequeña de su bolso.

Hank sacudió la cabeza otra vez.

—¡Oye mamá! Oye papá! —dijo Hank—. ¿Puedo cuidar mascotas?

La mamá de Hank miró al papá de Hank. Sonrieron.

—¡Necesito un cartel! —dijo Hank.

Hank se puso a trabajar. Sacó una cartulina del armario. Sacó las latas viejas de pintura roja y naranja del garaje.

CUIDA-MASCOTAS —pintó.

TODO TIPO —pintó.

HANK —pintó. Arruinó un poco la

a y terminó pareciendo una *o*.

Aun así, era un buen cartel. ¡Hank

estaba listo para trabajar!

Capítulo #2
Un cliente

Hank se paró en el patio con su cartel. Un coche pasó y claxoneó. Hank saludó con la mano.

¡HONK!

—¿Qué estas haciendo? —preguntó Janie.

—Saludando —dijo Hank—. Es posible que sean clientes.

—Tsk —chasqueó Janie otra vez—. No son clientes.

—Pero tocaron el claxon —dijo Hank.

Janie estiró de los guantes de su bolso. Apuntó al cartel—. Tu cartel dice *honk*.

—¿Por qué no te vas a casa? —preguntó Hank—. No eres buena para el negocio.

El amigo de Hank, Ben, y su mamá se acercaron en coche. La mamá de Ben tocó el claxon.

Su coche estaba lleno de maletas. Estaba lleno con Ben. Pero más que nada, estaba lleno con el grandísimo perro de Ben, Otis.

¡HONK!

—¿Puedes cuidar a Otis?

—preguntó la mamá de Ben—. Si no, tendremos que llevarlo al veterinario.

¡Veterinario!

Otis saltó. Golpeó su cabeza grande en el techo del coche.

Cuida-mazcotas
Todo tipo
Honk

—Mamá —dijo Ben—. Tienes que deletrear esa palabra.

—Perdón —dijo la mamá de Ben—. ¿Hank? ¿Está bien? Tenemos que irnos.

—Por supuesto —dijo Hank. ¡Había conseguido su primer cliente!

Ben arrastró un cubo enorme
de comida del coche. Arrastró una
cama enorme del coche. Finalmente,
arrastró al perro enorme, Otis, del
coche.

Hank recogió la correa de Otis—.
¡Hola chico! —dijo.

La mamá de Ben se despidió con la mano mientras Ben se subía al coche—. Gracias Hank. A Otis no le gusta el veterinario.

¡Veterinario!

Pero Hank no le escuchó. Estaba demasiado ocupado sujetando la correa con todas sus fuerzas.

Capítulo #3
Oscuro y baboso

—¡A cenar, Otis! —llamó Hank.

Otis se deslizó al suelo.

—Tienes que comer algo —dijo

Hank—. ¡Mira!

Hank probó la comida de perro—.
¡Puaf!

—Echa de menos a Ben —dijo la
mamá de Hank—. Ya se ajustará.

Otis no se había ajustado después
de la cena. Tampoco se había
ajustado a la hora de dormir.

Ni siquiera se había ajustado a la
mañana siguiente.

—¡Venga, Otis! —dijo Hank—. No
puedo perder a mi primer cliente.

—¡Conseguiste un cliente! —dijo
Janie.

—¿No te echan nunca de menos
tus padres? —preguntó Hank.

—¿Qué está haciendo en tu árbol?
—preguntó Janie.

—Necesita tiempo
para ajustarse
—dijo Hank.

Janie sacó sus materiales de doctora—. ¿Le tomaste la temperatura?

—No está enfermo —dijo Hank.

Otis gruñó.

—¡Mira! —dijo Hank. Sacó cinco sabores de gelatina.

Otis sacó la cabeza, después la volvió a esconder.

—A lo mejor *está* enfermo —dijo Hank.

Janie se puso una máscara. Le dio a Hank una linterna—. Revisa su garganta.

Hank se acercó y miró.

—¿Qué ves? —preguntó Janie.

—Oscuro y maloliente. Cubierto de babas.

—Déjame ver —dijo Janie—. ¡Su diente! Está negro en la parte de abajo.

—Así están todos —dijo Hank.

—Bueno, yo creo que deberíamos sacarlo —dijo Janie—. ¿Tienes algún hilo?

Ben le echaría la culpa a Hank por el diente. Su negocio estaría arruinado. Hank nunca conseguiría su bicicleta nueva.

—Voy a por el hilo —dijo Hank.

Cuando Hank se fue, Janie se sentó. Otis vio su regazo y saltó.

—¡Ahhhhhh! —gritó Janie.

¡Arooooooo! aulló Otis.

Hank volvió corriendo—. ¿Qué hiciste? —preguntó.

—¡Quítamelo de encima! —dijo Janie.

—No te muevas —dijo Hank—. Tengo hilo dental. Sabe a menta.

—Rápido —dijo Janie—. No puedo respirar.

Capítulo #4
El V-E-T-rinario

—¿Qué hacen? —preguntó la mamá de Hank.

—Es su diente. ¿Puedo usar los alicates? —preguntó Hank.

—Hola —dijo Janie—. No puedo respirar aquí.

—Hora de ir al veterinario —dijo la mamá de Hank.

¡Veterinario!

Otis corrió detrás de la planta.

—Muchas gracias, mamá —dijo Hank.

El v-e-t-erinario revisó a Otis—. Tenemos que sacar su diente.

—¿Sacarlo? —preguntó Hank.

—Sacarlo —dijo el veterinario—. Está quebrado. Pero no te preocupes. Otis no sentirá nada.

Otis estaba mareado cuando salió.
Hank y Janie lo arrastraron hasta
casa, jadeando y resoplando.

—¿Seguro que no quieres cortar el
césped? —preguntó Janie.

Cuando llegaron a casa, Hank
dijo —Vete, Otis.

Otis roncó.

—Venga, Otis —dijo Janie.

Otis babeó.

Hank corrió a dentro para comer gelatina. Otis abrió los ojos y se comió la gelatina. Hasta el último meneo.

Después, Otis le dio a Hank el beso más baboso del mundo. Cuidar mascotas sería un buen trabajo.